大雅

为一种品格注脚

大雅

为一种品格注脚

希尼系列

人之链

[爱尔兰] 谢默斯·希尼　著
Seamus Heaney

王　敖　译

广西人民出版社

给德斯、玛丽、彼得和简

目 录

“如果我没有醒着”

如果我没有醒着，我会错过
那飙升、飞旋而来的风
让屋顶与悬铃木跳脱的落叶

共此萧瑟，并让我走下床，全神萧瑟
生鲜、哔啵作响犹如电网：
如果我没有醒着，就会错过

它的来去都在意料之外，
几乎透着危险，
返回房屋的时候像个动物，

一个在那里，在那时
逝入凡常的邮件炸弹。但并不是从此
逝去。现在也不是。

相 册

一

现在，烧油的取暖锅炉
突然间，打着瞌睡醒了过来
如锯完的树木按时倒下，我想象

他们在夏天的样子，一定是在夏天，
我慢慢想起这个地方，依稀是在
橡树林伐尽之前的歌罗夫山

轻飘飘的星期天里，我常和他们
站在山顶，小腿没入蓝铃花，
远眺马拉费尔特[①]的四个尖顶。

啊，借谁的名句
才能恰当地描绘这爱，现在说什么都已太晚
证明这爱的不是互相对望，而是坚定地注视同一方向。[②]

---

① 北爱尔兰的一个区，东临巴恩河，希尼出生地离此不远。

② 来自法国作家圣埃克苏佩里的句子："构成爱的不是互相对望，而是共同注视一个方向。"

二

Quercus，橡树。*Quaerite*，你们去寻找。[①]
在绿叶和橡实相间的马赛克上
（我们学校的纹章[②]

装点着教会之鸽，德里圣林的天鸽）
上面的箴言，还没有被足迹磨灭：
你们首先要寻找上帝之国……坚定无疑

我一直站在低年级宿舍的走廊上
一只灰眼睛将回望[③]
望着他们夫妇俩，现在

我第一次看见，他们必须转身离去
越发要相依为命，离去
跟怀我的时候一样，只是更加无法分开。

---

① Quercus，拉丁语，“橡树”。Quaerite，拉丁语，“你们去寻找”。
② 作者11岁时到德里市的圣科伦巴学院（St. Columb's College）学习。该校是一所罗马天主教的寄宿学校，其校名纪念从爱尔兰去苏格兰传教的圣徒科伦巴（521—579）。
③ 见本书《科伦巴吟唱》一诗。

三

他们去冬天的海滨
举行婚宴。我也跟着入席，
无人邀请，但也无法逃避。

海鸥飞一曲风笛。烧鱼的味道。
丰肥，睡梦似的银光。一连串的沉默。
泪水。在枝形吊灯下

系着围裙的女服务员叮当作响地
掀开一盘菜，扔给他们就走了。
此后所有的周年，他们都没再纪念，

在后来的岁月里，甚至不再提起。
而现在，开车带他们来的人开车
带他们回去，我们会在入夜之前到家。

四

如果我有机会在哪里抱他一下，
应该是在河岸上吧，那年夏天
去寄宿学校之前，他正当盛年，

那时我没有想到，他老要跟我一起去
是因为我快走了，可我们并没有拥抱对方。
直到第二次机会出现，

在新弗里，一天晚上他醉得太厉害
需要让人帮忙系上裤扣，
我才抱了抱他。第三次

在楼梯台阶前，他去世前一周
我扶他去卫生间，我的右胳膊
感受到他腋下，稀疏如网的重量。

五

只有他的小孙子才能做到，
突袭到他的扶手椅上，挠他的脖子
证明他对快乐

多么没有抵抗力，这证明
就像所有那些伟大的证明，来得很突然，
一次足够，无论**被证明的**[①]是什么

你都会恍然大悟。
就像在片刻前，一个儿子尝试过三次
想在亡魂的乐土上拥抱父亲，那感觉[②]

正是在我的双臂中向上游动，它荡漾在
幽灵般的，从“正是”里滑出的“真实”，
那个拉丁词根的内外。[③]

---

① 原文用的是拉丁语 erat demonstrandum。

② 亡魂的乐土（Elysium），希腊神话中亡魂的居所。此处回应维吉尔的《埃涅阿斯纪》第六部，埃涅阿斯在乐土见到了自己父亲的幽灵，他三次要拥抱父亲，但都无法抱住。

③ 拉丁语 Verus（真实）是英语用于强调的 very（正是）的词根。

康威金笔[①]

"中号"，14K 的笔尖，
带夹子的笔帽上，三条金环，
色彩斑驳的笔杆里，

一叶薄薄的
吸墨杆儿，
店主人演示着。

取下笔帽，
让笔尖第一次
在刚开封的墨水瓶里

深吸，如灌水入槽，
鼻涕淅沥，找好角度，
略停，再吸满，

① 英国著名钢笔品牌 Conway Stewart，希尼上寄宿中学时，他父母送了他一支康威金笔。

给我们时间一起观看
这样，就不会去面对
晚上的离别，

就会看到第二天
我的连笔字
写给他们的，“亲爱的”。

落　单

一

是谁，走向倒灰烬的坑
抬头挺胸仿佛在游行，
端着刚从火盆下面

抽出的窑盘，沉甸甸的，
盛满了白灰，仍然灼热，
带着火星的碎屑

被风吹进她的围裙，吹过
她的嘴巴和眼睛，都不在乎
继续往前走，努力端平

双手紧紧地，酸麻地握住金属的把手，
一直走下去，我们看着她消失在
残破的小路绕过鸡舍的地方。

二

是谁，并不比牛高出多少，
穿过畜栏朝我走过来，
一只手里举起拐棍儿

指点着，另一只手
拿着赭石粉笔，朝我这边喊叫。
坐在摇晃的大门上，

我看他挥着胳膊，喊些什么听不清楚
到处都是哞哞的牛吼，一辆辆卡车
在院子最远的那边轰鸣，互相吵嚷的小商贩们

现在又冲着他去了，我们对视的目光
就此分开了，我感到一阵
失去亲人的悲痛，在知道这个说法之前。

烟　蒂

他的外套挂在衣柜里，宽
而短，
且袖口略卷，

一件件压平
互相靠着，
却透着点距离感。

陈年的烟草，腋汗
混合的气息
一经搅动，扑面而来

你把手伸进去，一整排
防荆棘的蓝色哔叽布，像被扰乱的水草
猛地回荡起来。我嗅到

提神醒脑的馊味儿，
探过口袋盖和衬里，尽管曾被大人禁止，
我要再去抓一把。

然而，那是一把
空手而回的感觉……
从贴在我脸上的外套布料上，

从涌入手中的
一层层衣服里，
从冰凉柔滑的口袋衬里上

什么都摸不出来了，除了那些空空的茧，
再次感受那种烟纸的质地
是在他最后的日子

我们必须学会
准确地把手伸到他羸弱的腋下
把他抬起来，给他擦身

两边各站一个人，
感受他的轻，
我们必须埋头擦洗

谁都不想贴那么近
不管怎样，只能继续
忙活下去。

历险之歌

爱的神秘在灵魂中生长，
但身体仍是他的圣书。[1]

一

捆上，推出去，又起来，系好
固定住才可以开车，
在飞速的颠簸中，骨头散架了

前面的乘客座位给了护士，你
被安排在属于她的侧座，我仰面平躺——
一路上，我们的姿势保持不变，

千言万语，一声不响，
我们的视线交织快如激光，从没有过
这样的狂迷之旅，直到那一刻，在星期天早晨

救护车那洒满阳光的冰冷中，
那时候，噢，我的爱人，我们本可以
引用邓恩，他说爱会停滞，当灵魂与身体分开。

---

① 出自英国诗人约翰·邓恩的诗《狂迷》(*The Extasie*)。

二

分开：这个词恰如一座钟[①]
教堂司事马拉奇·波义尔
曾在伯拉奇村敲出“*In illo tempore*”[②]

或者，像我在德里的时候
在学校轮值敲响的那口钟，
用力的感觉，摇动在我曾经温暖

有力的掌底，但我无法感受
你如何抬起这只手，让它全程
窝在你的手里，笨重如钟绳结

我们全速穿越唐格洛区
格伦多安区，我们的对视迷醉了
被挂起的输液点滴一分为二。

---

① 此处呼应英国诗人约翰·济慈《夜莺颂》里的句子，“凄凉，这个词恰如一座钟”(Forlorn! the very word is like a bell)。

② 天主教弥撒用语，意为“在那个时候”。

三

他的六匹马和马车不见了
德尔菲神庙的御者仍在坚守，
断掉了左手

手腕突兀，像切开的水管，
青铜缰绳在右手涌动，他的视线向前
落空在车马本应站立的地方，

他向前看齐，腰背挺直的姿态
活像我站在走廊上做理疗，颇为昂扬
恍然间，我又在犁的两个把手之间

找对了步调，别人的手来帮着
我的手，每次犁刃倏然推走，每块石头上的磕碰
都在手柄的木纹中，握如脉搏。

奇　迹

不是那个拿起床走开的人[①]，
而是那些相识多年
把他抬进来的人——

肩膀麻木了，他们酸痛和弯腰的动作
深锁进后背，担架的把手上
汗水湿滑。一直都没松口气

直到确认把他绑紧了，可以倾斜，
能抬高到可见房檐的砖瓦，再放低
让人救治。要好好记住，他们如何站在那里

等待，绷直的绳索勒出的灼烧消退，
轻微的头晕与神色中的惊疑
也散去了，那些相识多年的人。

① 指被耶稣治好的瘫痪病人。

人之链

——给特伦斯·布朗[①]

在特写镜头里看到食品袋
在志愿工人手里传递，士兵
在暴乱的人群头顶开枪，我再一次

被麻袋两头的把手紧紧绷住，
那曾是我使劲拽出来，攥结实
刚好趁手的两团粮食，准备甩上去——

眼睛互相配合，喊着一二，一二
扔向拖车，然后弯下腰，连拖带拽
再让下一袋出手。没有什么比得上

猛然释去重负的瞬间，那是累断腰背的辛苦
最真实的回报，那种撒手而去的感觉不会再有了。
或许，还有一次吧。然后，没有下次了。

---

① Terence Brown（1944— ），爱尔兰当代学者。

捐款盒

你的双掌捧起，仍能感到
募捐的小盒子里，撞来撞去的丁零叮当，
满到了盒盖口的硬币，

是为“国外传教”捐出的
一便士和半便士……用硬纸板做成的
尖顶盒子，像小小的祈祷室

带上你的那只，走街串巷，
去挨家挨户门前的台阶上，讨得欢喜
收到一笔，就在卡片上扎个小洞——

这样一来，所有人都能从中看到
去往天国的路，就像透过暗箱的针孔
看到日食的太阳，在暗盲中现形。

老歌谣的叠唱

一

我们把野豌豆
叫作“罗宾汉翻篱笆”——
那林肯绿的

英式的针线活儿
褪着色，四处弥漫
沿着伍德街

拆散开，唱一句
“嘿，弄你闹你吧。”[1]
莓子和丝

黏黏地缠在一起
在乱蓬蓬的街边
伸展入夏。

---

① Hey-nonny-no，源自伊丽莎白时期民谣以及莎士比亚的《仲夏夜之梦》。

二

在簌簌草
这个俗称里，
听听风，吹过莎苔草，

在啵儿树
这个别名里
听到接骨木，那潮湿的沉溺，

在板板草
这个叫法中
听出千里光菊，独有的不屈不挠，

在淅淅檐
这放松的词语里，听到屋檐上
滴落的夜雨。

伍德街

翻修过，但没有拓宽，
乱草葱茏的街角
还是比尔·皮克林那时的样子
持枪，伏在夏天的篱笆下
他穿一身戎装，守着夜岗——

一个特殊编制的民兵。

月光，照着来复枪管，
照花卡车的挡风玻璃，
它横在路上，充当路障，
在他死忠的巡逻队里
其他的人，只留下侧影
各自就位

闹得默霍兰镇不得安宁。

或者，那是我在大白天
爬上一车压得紧实美观的泥炭，
被人高看，俯视一方，
有资格手握缰绳，
像个小大人儿

当那架老马车嬉戏着，摇来晃去。

后来，是八月的某一天
我沿着街，走向绝食者的守灵仪式，
穿过静悄悄的院子，
走过观望的人群，一具被人看守的尸体
还有一个葬仪队成员

都在那里圆瞪着眼睛。

也许，那是小巷尽头的血污
从哪里冒出来的摩托
在街角突然转弯，撞飞了
骑车的小女孩
她座下的后轮在阳光里打转，

头上戴的小灯，碎成飞屑。

请用暗褐色来拍摄，
滴坠出斑斑血色
来描绘伍德街的今昔。
翻修过，但从来没有拓宽，
那里有摆放牛奶罐的台子，还有

草木湮没的公共汽车站牌。

滚草机

滚草机一整天的闷响
持续着，如心脏的浊音区
单调的共鸣，早已习焉不察

夜晚来临，我才慢慢苏醒，
醒在我听到的，惦念的
夏日最富有的时光里

这时光，曾在早先的年月里
随草向上叉起，经汗水浇灌，
几乎都获得了报偿，因为

一天将尽的时候
拍马加速的拖拉机
兜出的最后一圈。

然而，我也记得——
当斑尾林鸽咕咕倾诉在
收获干净的三十亩地的一角

当我深吸着，清凉的空气
置身一排巨大的干草滚筒
列在斜阳里的黄金之国——

德里克·希尔[①]最后一次
坐在我家餐桌前
说过的话，

他已经无法再忍受
看着日落西山，请求我们
让他背对窗口。

---

① Derek Hill（1916—2000），英国画家。

“德里，德里个当”[①]

一

丰美的
落日的酡红
染上一大颗

成熟的鹅莓：
我划破了手
因为伸进去

在小树丛中
把它采下来，
无人禁止，

在安妮·德夫林[②]
草木葱茏的
后花园里。

---

① 标题引自一首老歌《看守人》（*The keeper*）的副歌，讲述猎场看守人搜寻母鹿的故事。

② Annie Devlin，希尼的邻居，当地的巫婆。希尼夫人的妹妹也叫安妮·德夫林（Annie Devlin）。

二

故事书里
那种房舍
背后的厨房里

白色的搪瓷桶
装满了
小小的梨：

红色的
瓷砖地板上的
静物。

我从厨房伙计的门里
朝着睡美人
溜过来。

鳗鱼厂[①]

一

要获得公主的垂青
那个最年轻的儿子
必须展示多大的本领啊！

对我来说，
追求渔家女儿的第一步
是去人家里，跟他们一起

吃一顿鳗鱼做的晚餐。

① 希尼出生地旁边的内伊湖盛产鳗鱼。

二

暮色里浮动着柴油味，
鱼鳞式木壳的深肚船里
安装的都是拖拉机的发动机，

那是旱鸭子们做的手工活儿，
入水的感觉极沉
像母牛掉进了沟渠，

一帮人挺直腰背，
在船头和船尾
使劲站稳——说到底

那是些骑马驾车的汉子，
当船的龙骨披着扁斧锉出的纹路
靠上岸边的泥地，才是他们欢喜的时刻。

过会儿，他们变成一帮
在她爸酒馆的吧台前
喝胡椒薄荷朗姆酒的人们。

三

艾尔斐·科克伍德穿到学校里的
鱼皮衫，汗津津的，油光发亮，柔滑

还裁出了两条尾巴
用来把鱼皮系住——

按照小艾自己的说法，
系上了他会更有劲儿。但谁会去松开

他蜷在宽边袖口里的手腕呢
那短衫还带着一股鳗鱼油脂的腥臭，

浓浓的气味弥漫在
我们夏天的课桌之间

这算是我头一回遇到
必须咬着牙近距离忍受的事情。

四

同样汗津津的，油光发亮的
是我用一支带斑点的接骨木
制作的鱼竿的把手，

当我感到一阵的
慌乱，那不是双方拔河
而是顺着鱼线的一扯，

那不是一尾
真的会翻波戏浪的鱼
而是身长一尺

蜿蜒扭行的家伙，这小鳗鱼
油不拉唧，灰不溜秋，
正经有一根歪歪扭扭的

脊梁骨，它还不是能让我花整辈子
跟它周旋的那种鱼，那种黑蓝色
后背光滑的水中一景

那种我老早就熟悉的
让珠落漩涡、流苏潺潺的水族精灵，
裸游的斑纹君。

五

“那棵树，”沃尔特·德拉梅尔[①]说道
（在他罕见的录音里有一丝
夏天的感觉，让我想象

在落地窗与不远的山坡之外
铺着一片草地）
“我曾看到闪电劈中了

那棵树……它的树皮——”
在他的口音里是**树啊皮**[②]——
“树皮落下来，

像少女脱下她的衬裙。”
在一次呼吸间
白色的亚麻布亮花人眼，

空气的仙灵，炫闪出少女的腰身，
剥鳗鱼的工作，用上海盐和洗碗布，
才能将它一把握住，

---

① Walter de la Mare（1873—1956），英国诗人和作家。
② 原文 ba-aak，是德拉梅尔 bark（树皮）发音的变形。译文是根据汉语做的变形。

然后，拇指的指甲
和拇指掐住鱼脖子上
V 形的小划口，

鱼皮剥落下来
像被手指熟练抚弄的
绸缎。

六

在货堆和路标上
写的是“内伊湖渔民合作社”，

但在我们的唇齿间，在鱼梁上
一直都是“鳗鱼厂”。

煤　泥

一

并不是煤粉，而是那种沉甸甸的煤泥，
卡车运输工用开口的袋子
把它拖进来，倾卸在角落里，

闷闷不乐的一堆，
但对铁铲来说很软，更容易对付
不像铲起来咔咔响的煤。

那时候的生活，要为苦日子做准备，
它堆在那里，疲塌塌地等着
去压住炉火，延长它燃烧的时间，

给想要挥霍的财神
一个节制，用自己的方式
成为火焰的保管者。

二

它发出的声音
对我来说
超出任何寓言。

喳喳的煤泥碴，吡吡的次品。
匆匆的煤桶，急冲冲地拖走。
沙沙来，沙沙去。

而且，这几个词——
“拿煤泥罩住火”——
个个结实得就像

焦油的珊瑚冷却后
灰烬结成的
头骨。

三

冒着雨出去
我又一次
被派去弄些煤泥

黑灯瞎火
站在煤屋的门里面
去领受

它那腐烂的紫罗兰的气息
以及它潮湿沙子一样的重量，
并记住

倾倒泼洒它的时候
从口袋里哗哗涌出的
净化之力。

本草经

——仿吉尔维克[1]《布列塔尼植物标本集》

*

无论在哪里，植物
都在墓地茁壮成长，

把根系沉入
死者们经历的
所有王朝。

---

① Eugène Guillevic（1907—1997），法国诗人。

*

我们这里的墓草
会有什么特别的吗?
它们跟田野上

普通的草
不一样吗?

还记得吗
你多想让录音师
录一段素材

你的双脚
在雨中的田边
狂走出了一轨音响?

*

尽管这里的草木说着
繁茂而柔顺的方言
它们可别想
在这里安稳地落脚。

驴尾草不行，
金雀花，荆棘豆也不行。

这一定是跟风
有点关系。

*

草并没有
在此安息。

它也有点不同意见，
有的时候用脸

去迎着风，
有的时候背过去。

*

“看到我了吗？”
它说，“是风

让我练好
怎样在世间待人接物。

立场不稳也挺好。
允许这样！

那就去吧，
风的公民。
做个跟风者。”

*

欧洲蕨
就没那么能吹牛了。

它收紧，
弯向自己的秘密，

土地上
保守得最好的一个秘密。

*

另外，公平点说，
这里还有太阳。

没有哪个地方的太阳
跟这里的一样，

一整天的阳光
都像是晨光。

所以，花花草草们
甚至欧洲蕨

时而都给哄得
向它敞开。

*

飘上洒着阳光的柏油碎石路，
踏着对灵车的回忆，

以走路的速度，
在草木葱茏的街角之间，

这里的死者
被带往未来。

*

丧钟一响
会有草浑身抖动。

但只有这个时候。绝不是
任何时候，随便一口老钟

响一声的效果。

*

金雀花
像不受重视的人
是他们的友伴，

展示给他们看
必须永不停息，

因为这一切努力
都值得。

有时候
跟那同一批人
一样，如果天气晴好

金雀花会唱起来。

☆

后来的日子里，果实
再也不会有如此浓郁的

土地的味道。
板岩的感觉

渗入了黑莓
有矿石感的汁液。

*

把手伸进
道旁地沟的植物丛中

你会摸索到草根，
有粗有细。
是什么草的根呢？

有一次，我们看到的一根
泄露了秘密，

那是被我们弄死的
一只耗子的尾巴。

*

我们有过敌人，
尽管从来没搞清楚

为什么。
在它们之中，荨麻

恶意满满，还假装
睡着。

*

敌人——
是世界无法解释
但必须承受的
一部分。

也总会有羊蹄草的叶子
是那些恶意叮刺的解药。

*

树上有叶子
没有犁过的空地上，有草

你可以向它们
倾诉一切。

甚至是你对黑夜的
恐惧，

甚至是
对人的恐惧。

*

那么，在双掌间
搓一片叶子，或一根草，

然后慢慢地摇一摇，令人心弛地
摇过你的嘴和鼻子

呼吸，还有什么比这更好？

*

如果你对宇宙
略有所知

那是因为
你曾经体验过它，

像全力反观自己一样，
透过野豌豆

羊齿草的遮掩
去深深地探察
老鼠洞。

因为你曾用脸颊
贴上灯芯草团

因为你知道软石会摔碎在
采石场的地上。

*

在石楠花和万寿菊之间，
在泥炭藓和金凤花之间，
在蒲公英和金雀花之间，
在勿忘我和忍冬花之间，

就像在明朗的蓝和云朵之间，
在干草堆和日落的天空之间，
在橡树和铺石板的屋顶之间，

我获得了经验。我曾在那里。
我在此地，此地也在我体内。

*

去哪儿还能再找到它，
一个别处的世界，在一张张地图

与地图集之外，
在那里，一切都编织进了它

也属于它，就像用草叶
交叉编出的窝？

树 冠

那是五月的时节。
哈佛校园的树木
染上了新绿。
四处轻声浮动细语。

大卫·沃尔德[①]在树枝上
安装了一批播放器，
那些粗麻布包裹的话筒，
像很多年的黄蜂窝，

也像黄昏中的蝠果[②]——
这些影影憧憧的喉结
催动了齿音嗞嗞的涨落，
言辞之流，起伏不定的

① David Ward（1951— ），英国当代艺术家。1994 年，他在哈佛大学做了一个露天装置艺术，把一些包好的录音机放在校园的树上，播放各种录音，包括他的回忆、故事、诗歌、民间故事，还有作家卡尔维诺的《隐形城市》的片段。

② 蝠果（Bat-Fruit），是反用果蝠（Fruit-Bat）一词，指麻布包裹的话筒像蝙蝠也像果实。

静默，反响，回声。
仿佛是在播放一卷录音，
树叶的圣会上
那轮番的对唱。

或者，是一片树林在说梦话。
河岸上的芦苇一遍遍地
讲述它们的秘密。
让人们竖起了耳朵，

聚集在一起，安静下去，
踏上了草地，
走走停停，拉起了手。
大地重播着它的磁带，

词语，获得了新的音乐：
但丁笔下低语的树林——
自杀者的树林——
中了古老的魔法，变出恋人的小径。

折下一截细嫩的小枝，
它会像手指一样弯回，
卷住折断它的手指，
不愿意松开，

仿佛变成了越缠越紧的

槲寄生。
或许，这只是我的想象
在树枝闪动着仙灵之光的时刻。

1994 年

河岸之野

这段诗，洛布本[①]译作：
“在清闲的溪谷……有一片幽隐的树林。”
让我翻译的话，我会走入拜克公园[②]

从歌罗夫山走下来，穿过长滩踏上河岸，
以此融入莫耀拉的忘川——
因为令人愉悦的巧合，我会走过

布罗格[③]上区的 *domos placidas*
（意为“平静的家园”）。晚间水上的飞蛾
自然不是原诗里阳光下的蜜蜂，

蚊蚋的纱幕，也并非百合花圃；
其他的就完全一样了：柳叶泛着
仙境的银光，草丛繁盛

---

① 指的是《洛布古典丛书》中的一个译本。
② 以下地名都来自希尼家乡的风景。
③ Broagh，盖尔语中意为“河岸”。

没有足迹，以至于不会让人想到
曾有鬼魂列队经过，*animae*，*quibus altera fato*
Corpora debenture，这句是说，“鬼魂们，

他们的新生由命运决定。”现在
我们继续吧，像老师经常嘱咐的那样，
“要用我自己的话来翻译”：

“所有这些眼前的鬼魂
推动时间之轮千年之久
然后，被招来饮下河水

他们对阴间的记忆都会逝去，
灵魂，将渴望住进血肉之躯
回到天穹之下。”

（根据《埃涅阿斯纪》第六部，704—715，748—751 行）

110 路公车

——给安娜·罗斯[①]

一

穿着脏兮兮的前排扣的店员外套——
焦黄的颜色上一缕缕深红——
从“经典区”出来，走进过道

带着一股腐木和消毒水的味道，
她出现了，专心算着小钱儿，
眼看前方，右手忙着

插在她松软如动物育儿袋一样的
零钱口袋里，盘算着
一本二手的《埃涅阿斯纪》第六部该卖多少钱。

在小隔间的出口我吸着
扬尘的空气，这时她把我买的书
滑进了褐色毛边的纸袋。

---

① Anna Rose，希尼的孙女，希尼儿子克里斯托弗的女儿。

二

周六的史密斯菲尔德市场[①]。
那里的宠物店气味熏人，因为兔子笼里的粪便，
却有乐音飘扬，来自绿色和黄色的金丝雀，

但如今一片沉寂，像无鸟的阿维纳斯湖。
我匆忙赶路，抄近道去坐公共汽车，
拿着我装维吉尔的袋子，在人群中穿梭，

走过货摊和它们的架子，里面摆放着
帆布书包，地图，图画，塑料牌，
鸡毛掸子，假花，

然后，是一排排套装和大衣
像它们曾经的主人，互相紧挨在卡戎[②]的船上，
从拥挤的衣架上扯出来一件，它们会一起摇晃。

---

① 19 世纪 70 年代，史密斯菲尔德市场毁于爱尔兰独立战争中的一场大火。
② 卡戎是传说中冥河里的船夫。

三

司机转一下小手柄，
显示板上的站名
开始快速翻动，一切

都活跃起来。乘客们
成群地拥向路边，像惊起在
栖息地周围的秃鼻乌鸦，人都出来了

但还不确定方向。直到
在鸡舍般的车站和公共汽车中间
发号施令的检票员把大家分开

给大家指路，不是挨个叫名字
而是报线路，于是我们按指导各自散开，
我，坐 110 线，经图姆和马格镇，去库克斯镇。

四

挺如防水布，黑得像煤炭，袖口刹紧如石片，
这种铁路管理员统一穿的长外套，
我买过一件二手的：脖子和手腕磨得生疼

像挨了鞭子，但也值了，
尤其是我回家晚了的时候，在门前台阶上
颇能造成一番惊扰，我变成冷风席卷、拍动雨翅的怪物。

后来，在天气晴好的日子，飞去意大利，
身穿一件适合婚礼来宾的便宜好货，
面料极好，宽松清爽，灰如维纳斯的鸽子，

我与移居此地晒得黝黑的人们一起
匆匆到达他们在伊特鲁利亚山坡上
那座砖砌的小教堂，在那里的感觉自在极了。

五

维纳斯的鸽子？为什么不是麦克尼克尔家
飞出了笼子，却仍然回家的鸽子？
它们准确地把我带回他家的厨房

还有衣柜架子上供奉神明的果酱罐。
不要给我龙胆根，从罐子里
给我拿一束麦秆吧，每一根的秆尖儿都有点点银光

每一颗燕麦粒都裹着第二层外壳，
用他们吃完巧克力留下来的
闪亮的锡箔纸，连掐带捏地包在上面。

“给这个小祭坛添一点光彩。”
那天晚上老尼克夫人（我们这么叫她）
递给我一根，恍然照亮了我回家的路。

六

那是鬼魂出没的年月。使用手提灯的年月。
远处浮动的灯光，代替水晶球告诉你
为谁，为什么：这是谁家的守灵仪式，

比方说，在马路那边的哪个房子里——
给迈克尔·穆尔霍兰德办的仪式
是我头一回全程参加，熬夜熬到他的家人站起来

像几个陌生人一样，怔怔地面对他们自己和我们。
守灵，但没有尸体，他们亲爱的儿子和兄弟
头脑发热去游泳，死在布里斯托海峡。

一连三个晚上，在空着的棺材架旁边
我们没停下交谈。直到第四个晚上，
他的棺材到了，盖棺，就位。

七

那时候，停尸的人家都很好客。
从下半夜往后，一直在打牌
经常穿插着一轮一轮的

用盘子端上来的香烟，饼干，茶，
来回谈论的是大家都知道的事情，
另外一些不为人知的，则小声交流。

作为这个夜校的好学生，在最后一个早晨
我才走路回家，衣服上全是烟味
仿佛我给火葬添过柴，陪我走到山墙那边的

是死者的母亲，指给我一条获准通行的路
走出他们的田地，到达我家背后的小径，
正式地允许我横穿而过。

八

看着月初的新月[1]慢慢隐没在
白天里，她的脸仍然留在
屋顶窗前，她的伤痛丝毫未减，

我离去的背影匆忙，打开车门，
点火，发动，倒出来，开走，
她的眼睛一直没有离开这辆车，

刹车灯在转弯处闪烁辉光
就像在暴乱前的路上，
看到 RUC 巡逻队[2]晃来晃去的红灯，

那是舞会结束之后，在我们亲近
又推开之后，在颈间留吻
嘴上却说不，那不再纯真的年代。

① 引自《埃涅阿斯纪》第六部，形容埃涅阿斯在阴影中认出狄多时的情景。
② RUC 指皇家艾尔斯特警队（Royal Ulster Constabulary），北爱尔兰地区的警察组织。

九

莱弗里先生在自己的酒吧里
给炸飞的身体，还剩下什么可以埋葬？
他抱着那颗定时炸弹，大上午的

走向艾什利酒家洒着阳光的门，
现在还抱着它。或者，路易斯·奥尼尔呢？
他在不该出现的地方被炸死，同一个星期三

十三个被枪杀的人在德里下葬。其他人的呢？
在隔离亲属的警戒线后面，它们没得到尊重，
记了名字，装在尸体袋里：不能进入烈士墓园

无法获得全部的荣誉，也不会葬在另一处
专用的墓地，不会每年来一队训练有素，
装备整齐，神色坚毅的士兵，为他们鸣枪致敬。

十

维吉尔笔下快乐的鬼魂
身穿干净的白袍，在绿草地上竞赛，
俄耳甫斯穿梭其中，扫着弦

随着自己演奏的律动回转，躲开
草地上的摔跤手，舞者，跑步的人们。
这并非不像伯拉齐村一个游乐的日子，

瘦子惠特曼[①]颤动的高音
给音箱放大，笼罩着擦出火花的碰碰车，
飞来飞去的空中座椅，夕阳中停出一英里地的车辆，

成年人脱了衣服，全速投入竞赛
直到最后的哨声响起，在赛场上，
在互相的身上，都留下了种马冲撞的痕迹。

---

① Slim Whitman，即美国乡村歌手杜威·惠特曼（Dewey Whitman，Jr，1923—2013）。

十一

那些夜晚，我们曾经只是等待，观看，
然后捕鱼。后来，一天夜里
水獭的脑袋出现在水流中，也许

不过是水面的波澜和闪光，让我们误以为
是水獭的脑袋？不用怀疑，都一样，
那闪光，是黑色激流中的一弯弧线。

或者，不如怀疑河岸之野上
坚实的土地，在暮光的映照下，
蚊蚋飘飞，仿佛我们已经跟翕动在岸边的

鬼魂，阴影融为一体，
并站在那里等待，观看，
渴望，越来越渴望翻译。

十二

如今是生养后代的年月。记得过去
在黎明，从我们的后花园上来，
守灵最后离去的人，捧着刚摘下的花朵

驱散身上的不管什么酒烟的味道，
他徘徊在护理室的旁边，那天上午
再过一会儿就要生小孩了，

那现在，一个灵魂在阴翳下的河岸上漫长的等待
已经结束，我来了，带着感恩的礼品
一捧麦秆和包着银光的秆尖

像不会暗淡的一簇簇烛芯，
她的大地之光已经破晓，我们聚在周围
说的都是小宝宝的话题。

画家之死

——怀念南希·韦恩·琼斯[1]

不是一帐篷的天蓝，而是一瞥金黄，
从她画室最佳的视角望出去，
是山墙窗里威克洛的玉米地。

长久凝望着山丘——但不像塞尚，
而像工作到最后的托马斯·哈代
披着他家传的、钩针编织的披肩。

现在，不是哈代而是一只蝴蝶，
在他想象里，正有一大群在空中，飞过卡斯特桥[2]
沿着夏天的大路而去。

现在，不是一只蝴蝶，
而是落入鲸口的约拿，按古英语的说法，[3]
像一粒微尘飘入教堂的大门。

---

① Nancy Wynne Jones（1922—2006），当代女画家，作者友人。
② 哈代著有小说《卡斯特桥市长》。
③ 指《圣经》中先知约拿被大鱼吞下。

紫杉之湖

——怀念科林·米德尔顿[①]

一

仿佛已经给烟熏到了双眼
他眯着它们把你上下量好，仿佛
你是一张画布，同时

他舔过捏好一根手卷的烟，
每一点变长就弹掉的烟灰
都白得像画的水平线上浮动的斑点

那是他四十年前画的
三十基尼卖给我的紫杉之湖。
刷白的山形墙，点染如山楂树上

捋下的花瓣，石楠色的地面骚动如烟
仿佛焚烧着盖尔语区的泥炭，每次来我家
他都过去站好打量，嘀咕一下，再点点头。

---

① Colin Middleton（1910—1983），爱尔兰画家，希尼的好友。

二

那么，这就是来世的样子吗？
灰暗天气中翻滚的层云
挂在墙上像朦胧的水晶，记忆中的注视——

这能回答阿利吉耶里[①]
和柏拉图的厄洛斯[②]吗？
他们看到不朽的灵魂

根据前生的祸福悲欢
来选择新生。看到
预见未来的奥德修斯

最后选择做一个平民。也看到俄耳甫斯
因为他死在一群女人手里
后来选择重生为一只天鹅。[③]

---

① 即意大利诗人但丁（Dante Alighieri）。

② 见柏拉图《理想国》里关于厄洛斯死后灵魂游历阴间的故事。

③ 俄耳甫斯被一群女人杀死，因此怀恨而不想再一次被女人生下，所以选择了当天鹅。

三

我寻找过上帝之国吗？
它会到来吗？这种愿想始于
施洗的圣水器对着婴儿软脑门儿的时刻，

透过棉布稀疏的纤维，它闪动如光
如水，就像我想起关于他的老段子时
感到的眩晕，他背对画的主题

劈腿，下腰，从两腿间
探究着如何揭开那些不可改变的
谜局，他颠倒的脸扭成一团

就像宗教幻象里被诅咒的谄媚者
直到他站直了，转过身，瞪圆一只眼
杵在那里，伸直胳膊举着笔，准备行动。

四

如果 1953 年我在拉那法斯特[①]
学了足够多的爱尔兰语
能理解那里的传说和地方掌故[②]，

如果不是年纪太小，太害羞，
哪怕是听说过魁依特[③]的故事
知道他怎么追猎一只小鹿，从托里[④]

一直追到一座小仙山里，
在一家人的门前，没有被赶走
而是被领到山底下一把水晶椅子上
见到一个有金色鬈发的女孩

弹着竖琴唱歌，语言和渴望本可以
让我跃起，穿过那云彩拂拭的天空
光芒里的地平线，微光闪烁的“紫杉之湖”。

---

① 北爱尔兰多尼戈尔的一个镇。每年夏天，其他地方的学生都会到此地，与当地的家庭一起生活，学习语言技巧与传说故事。
② “传说”“地方掌故”原文用的是爱尔兰语，Seanchas 和 dinnsheanchas。
③ 爱尔兰神话人物。
④ 托里岛，距离多尼戈尔海岸不远。

五

其实也没有多远，
如今我几分钟
就能驶过那几英里，

不变的是天际线上的埃里戈尔山
当我没有什么乡愁，半信半疑地驱车穿过
一片花钱整修出来的风景，

我试图回忆那个希腊词语，它意味着
一个完全复原的世界：要包括
汉娜·莫尔像火鸡咯咯叫的爱尔兰语，

《紫杉之湖》上夜晚的天鹅，在夏基的店里
柜台上一盎司卖一便士的
克莱尔尼柯·穆瑞带霜的硬焦糖。

幽　灵

——给齐尔朗·卡尔森[1]

一　她神丘[2]

她带我去地下
用来圈养小牛的地窖里，
铁铲刻划，挖掘齐整。

地面有牛粪，土墙里一簇
潮湿的微光，那是一层白金般的砂子，
顶棚上，留着截断的树根。

我们站在小丘的地下，脱离了白天
却面朝外面的日光，手拉手，吸着
凿出的储藏室的气息。

---

① Ciaran Carson（1948—　），当代北爱尔兰诗人，小说家。

② Sidhe，读音与 she（“她”）相同，爱尔兰民间神话中的传统意象，既是小山丘也是其中的仙灵。诗中的“她”可能是作者早年的一个小伙伴。本诗后面的部分重现了一次作者去盖尔语区参加夏令营的经历。

在我们的肩头上放大画面吧，
一束地道般的镜头加速着，闪耀。
来这幽怪的明亮中，找到我们。停机。

二　停车地

我们是出现在下午的幽灵。
公共汽车已经停了。没有候车室
候车亭或长椅，只有停车的地方

高于市镇，像山上的环堡一样开阔，
还有，摇着镜头拍出的天空全景，
拂过的轻风。我们，在去盖尔语区的路上，

在两种语言之间，既陷于探求的欲望
又有些怯场，当已知的风景飞掠而过
眨眼间现出地平线那边日光照射的湖水

这一切透过我们，咯噔咯噔地爬上
那几级带棱的金属台阶，这时我们重新上车
一个个排着座位转世。

三　白夜

犁沟上笨重前进的人们，脚上套着鞋罩，
粗革鞋上扣带锃亮，夹着风笛气袋
如揽着摇篮，鼓起有缎带飘飘的嗡鸣声，
他们用来熟练扭断鸡脖子的手指

按动风笛管，整个乐队开始排练
他们将在大厅里演出一场
神气活现、大摇大摆地行进。同时

隔着夕照的田野和夏日的篱笆
有个让我们等待的新手，他落在最后
时断时续鼓着风笛，

独自给我们演奏着磕得一瘸一拐的音乐，
给这些要早上床的孩子，白夜的缺席者，
如今仍在竖耳倾听的我们。

剪掉的《斯维尼》片段[①]

——给库尔科斯的格利高里[②]

一　水獭仔[③]

“艾奥兰在信里说，昨天早上
我们的两只水獭，在河湾的岸边发情了。
看着它们银光中的嬉闹追逐

我也想象了自己，一个水獭仔
双膝着地，为罗南举起一部弥撒书，
他身着法衣而立，探出手翻阅着

镶花嵌纹的纸页，我的额头
则俯向白麻布下面突出的

---

① 斯维尼的故事，详见希尼《迷途的斯维尼》（*Sweeney Astray*），诗中出现的艾奥兰（Eorann）、罗南（Ronan）、林迟璜（Lynchechaun），分别是斯维尼的妻子、惩罚斯维尼的教士以及追捕斯维尼的人。

② 即希尼的友人格莱格·迪兰提（Greg Delanty），爱尔兰当代诗人。库尔科斯的格利高里是他写诗时虚构的一个自我。

③ Otterboy（水獭仔）是 altar boy（辅祭儿童）的谐音。在《迷途的斯维尼》里，斯维尼把罗南的圣书扔到了水里，一天一夜后被一只水獭叼出水面。

一双系着皮绳的大脚。然后呢，

我要抖擞如腾跃上岸的涉水猎犬，
扔下从河里叼回来的不管什么东西，
在洄漩奔涌之中，在河水纵情的呼吸之中，撒着欢儿。”

二　他想起林迟璜

“那三足圆肚的铸铁锅
深藏在一丛荨麻里，锅口蒙着蛛网，
曾经沸腾满溢，如今

冷如黑霜，这让我想起了林迟璜
在他过于殷勤的热情背后
却是一番冷酷的

盘算；我记得从锅架上
把它抬起来的时候，有多沉重
我也记得它倒空之后，是多么轻

这轻重的变化，是我看透他的时候
得到的警告，是我眼睛上的鳞片脱落[①]时
感到的眩晕。”

---

① 鳞片从眼上脱落，典出《圣经·使徒行传》第九章。

三　规矩[①]

“在低矮的门梁上，面向前方，坚定
与我眼睛的高度齐平，这石头雕刻成的教士
身着祭袍，让人无法回避

就像我穿过整条走廊，迎面走向的那一位——
仍然慌乱的我，已经排练过多次
头一回去忏悔的技艺。

接下来流露的，是一股初融的热泉
细细流淌在印着图案的地砖上，
我惊慌地溜走，然后，总算在关键时刻

回转脚跟，返回，很男人地
做到了心无杂念，虽然晚了点儿。
规矩就是这样定好的。”

---

① 这一节写的是希尼儿时第一次忏悔时紧张的经历。

科伦巴吟唱

一　我写字的手在痉挛

我写字的手在痉挛。
我的鹅毛笔，笔触尖细。
它的鸟喙吐出暗蓝
一道闪光如甲虫的墨迹。

我那精细灰黄的手迹
让智慧阵阵涌动如潮：
绿皮冬青提炼的墨水
在小牛皮上流淌成河。

我小而淅淅沥沥的笔
不论任务轻重，穿行在书籍间
增益着学者的收藏——
让我手掌痉挛的书写。

二　我永远珍爱着德里

我永远珍爱着德里。
它安静，它明朗。
一群群白天使，尽职尽责地
出现在每个角落。

三　朝向爱尔兰

朝向爱尔兰，一只灰眼睛
将回望，但再也不会看见
爱尔兰的男人们，她的女人们。

(原文作于 11—12 世纪)

隐士的歌谣

——给海伦·文德勒

在我的书画好横线的叠页上方
能听到狂野的小鸟欢快的啼鸣。[①]

一

黑色印花布的边角料，
来自灯火管制期的老百叶窗，
熨过，用交叉的线锁好边，
我们用它，给派发的课本包书皮。

没那么耐用，但更吸引人的
是质地绵软如面的墙纸：
那盛开玫瑰的花饰
用轻抚而过的熨斗压好，整平。

如有需要，也用褐色的包装纸。
连报纸都可以。只要能包住那一层崭新，
任何东西都好，要知道
你无非是一时的保管者。

---

① 出自帕特里克·克罗蒂编的《企鹅版爱尔兰诗选》(*The Penguin Book of Irish Poetry*) 中的一首9世纪的诗《户外书写》(*Writing Out of Doors*)。

二

打开，摊平，闻一下，开始。
字母拼读，手指划过：
跟福尔萨、科伦巴[①]
这些解开谜团的隐士成为同道——

比如，里斯莫尔的麦考奇[②]
当被人问起什么品性
最可贵，他回答说
“韧性，最可贵的

就是把事情坚持到底。从未听说
谁对此有所非议。”
舌上推敲的词语，从指尖划出，
反复划过，默读在唇间。

---

① 福尔萨（Saint Fursa）和科伦巴都是爱尔兰圣徒。
② 里斯莫尔的麦考奇（Macóige of Lismore），9世纪圣徒。

三

面包和铅笔。散发霉味的书包。
求知向学的年龄。
我们读的书本，叫作“群书”，
我们自己，被称作“学者”，

虽然内容是再三重复过的，
能受这样的教育，说明我们运气不错。
路边放牧的人这样说过。
烟囱旁的女巫们，也这么看。

这也是充满惊奇的年龄，比如：
用面包瓤的小球可以擦去笔迹，
盖在纸下面的小鸟和蝴蝶，
描在空白页上，像来自伊甸园的邮票。

四

老师的储藏室别有天地：
笔杆以黑锡做鞘——应该这样叫它吗？
——不管怎样，那是一卷金属，
紧紧地扣住笔尖的硬壳——

码好的一盒盒的笔尖，
墨粉，扎成捆的杉木铅笔，
笔记本，练习本，尺子，
像陪葬的宝物堆放在架子上。

这是一种优待，被老师派去
拿一盒纯白的粉笔，
或者那种完美的
供学生仿写的，铜版大字的样版。

五

放牧的伙计会问
“*tu* 这个发音有三种正确写法。
你能告诉我怎么写吗?”如果我们不知道，
“问你们老师去，看他老人家会不会。”

“*Neque*，”恺撒说，“*fas esse*
Existmant ea litteris
Mandare.”换句话说，“他们并不认为
应该把知道的事情诉诸文字。”

直到后来，出现了《圣经》里的诗篇
在爱尔兰语里叫 *Cathach*，意思是
“战场宝书”，举着它绕着军队走三圈
意味着会打胜仗。

六

褐色牛皮写本上说，
阿尔斯特武士们
挥舞利剑，火花四溅
让布里克利乌①的大厅亮如白日；

然后，库楚兰②为了娱乐刺绣的女人们
把一根根针掷向空中
它们落地的时候，每一根的针尖
都穿进了另一根的针眼

串成一卷光彩照人的链子——
就像在我的梦里，一大盒笔尖
从架子上撒下，又升到空中，
相互链成炫目的镀金王冠。

① 爱尔兰神话中的医院牧师、诗人。
② 欧洲凯尔特神话中爱尔兰太阳神的儿子，伟大而又嗜血的阿尔斯特英雄。

七

这是一个学校本身不能理解的
关于学校的幻象，我自己
也不一定领会：我的手，悬在寒泉之中
浸入一只大玻璃杯

接着流水。我是一个
被选中的孩子，负责去取水
把墨粉冲成墨汁——
走到空旷处，有大地和天空

还有静悄悄的操场，
一堂我可以缺席的唱歌课
从窗子里飘出来，却仍然离我很远，
仿佛隔着一个世界。

八

如今，“墨水瓶”已经失去了
“墨水角”这个词的意涵：
也许，这只角来自褐色的母牛，
倒过来戳在斗室的地板上，伸手就能蘸到。

所以，当一个高声叫嚷的家伙走进来
打破了爱奥那的平静，
科伦巴不由得叹道
（我大概给你翻译一下）：

港口上来的大嗓门，手持着棍棒，
他会走过来，俯身来一个平安之吻，
跌跌撞撞的，他的脚指头会踩翻
我的小墨水角，我的墨水洒在地上。[①]

① 根据传说，科伦巴预见到会有人进来踢翻他的墨水角，提前跟人讲了将要发生的一切。

九

一个伟大诗人[1]对“意义”抱有信心，
它像一个惊叫着抗议的词，
纵横在宇宙间，另一位[2]
则坚信“诗人对爱的想象

与记忆”；要让我说
我现在愿意相信书籍里葆有的
那种坚韧持久
拒绝褪去的手感。

里斯莫尔之书。凯尔经。阿尔玛书。
伟大的勒坎黄卷。色如褐莓
被奉若神明的“战场宝书”。
熏制的牛皮。反复试炼的笔。

① 指波兰诗人米沃什（Czeslaw Milosz，1911—2004），写有一首《意义》。
② 指爱尔兰诗人叶芝（William Butler Yeats，1865—1939）。

“舔铅笔的”

一

我们可以叫他“舔铅笔的”，
他能飞快地舔湿铅芯，伸手张嘴
舌头调情般绕着一截铅笔打转，熟练极了。

也可以叫他“灌母牛的”，
扯住鼻孔翻开嘴唇，动作很猛，
把药瓶卡在她的大板牙中间，准确到家了。

或者叫“按住马的”，
别看他五短身材，却总能一伸胳膊
绕过马脖子给它套上眼罩，

不用第二下。然而，既要靠谱
还要新鲜，“舔铅笔的”
就是送给他的绰号。

二

一支“抄写铅笔”，不知道为啥叫这名字，
舔它一下，就能写出紫色的墨
大概跟他兜里的烟头

一样短，而且
一样味道刺鼻，必须经常削它
然后要在他的左手背上

划一下试试看，鲜明的线条
就像冬青叶子在掏鸟窝的手上
刺出的血痕，

不会褪色，像蒲公英白色的汁液
在你的皮肤上干了以后
留下的青灰痘痕。

三

为了怀念他，凝视着那些颜料
它们润湿，放大以后
就像科伦巴僧袍上的墨痕，

科伦巴去世那天，倒是不用去
按住一匹马，他坐在路边的时候
马朝他走了过来，

正如传记里写的，“他浑身倦意”。
而马“伏在他的胸口哭泣，
打湿了圣人的衣服”。

然后，科伦巴对他的侍从说：
“达尔麦特，让他哭吧，让他哀悼我，
哭个够吧。”

“门敞开着房子漆黑”

——纪念大卫·哈蒙德[①]

门敞开着房子漆黑
因此我呼唤他的名字，
尽管知道这次的回答是沉默

让我站着倾听，沉默
往回一路蔓延到了街上，
我就是从那里进来的（现在我还记得）

街灯也都灭掉了。在那里
在那一刻，我第一次觉得自己
是一个陌生人，几乎是个闯入者，

想要逃走，然而意识到这里没有危险，
只有人去楼空，一种并非不欢迎我的
空空荡荡，就像走进了

夏末的午夜，草木丛生的飞机场库房。

① David Hammond（1928—2008），北爱尔兰当代作家和艺术家。

在阁楼上

一

让人想起吉姆·霍金斯[①]
他爬到“海地号”的
桅杆顶架上，平静的碧波
干净的海沙，就是下面的一切，

船搁浅了，桅杆远远斜探在海床上空，
条纹斑斓的鱼群游过之后——
曾经在桅杆的横索间追上来的

伊斯雷尔·汉兹[②]的脸
在吉姆开枪打死他之后，
如今又浮现了……“他可算是死透了，”
故事里说，“先挨一枪，又给淹死。”

---

① 罗伯特·路易斯·史蒂文森小说《金银岛》里的人物。

② 《金银岛》里的人物，在本诗第三部分里，希尼的外祖父把他的名字误作艾萨克·汉兹。

二

二十年前种的桦树两旁
是爱尔兰的海和阁楼天窗前的我，
一个孤零零地

站在自家阁楼里的人，一个
装备整齐，去桅杆上瞭望着讨生活的少年，
给气流的喷枪吹来荡去，随风而醉，

扼在从龙骨贯穿到桅顶的震荡之中，
要揉着双眼才能相信眼前
这棵轻飘无比，汹涌喷薄，云帆高挂的桦树。

三

亡魂踏上了铺漆油布的走廊
那昔日坚实的地面[1]，外祖父出现了，
他的声音抖着

就像在俱乐部为我刚看过的早场电影
搭起的防水幕布。“在这个电影里，”
他问道，“有艾萨克·汉兹吗?”

他记的人名也在抖着，
他错到了最后，再也没法改正了，
就像伊斯雷尔落水时激起的一簇水花。

---

① 原文为拉丁语 terra firma。

四

当我老了，名字一片空白，
当我对楼梯不再有把握，
这越来越像船上少年

第一次爬上船帆时感到的头晕，
当那些值得记忆的
全部放空，不可追回，

这不意味着我不记得
风清新地吹来，锚下沉的时候
那轻微的迎风一颤，那世界的微斜。

给爱维恩的风筝[1]

——仿乔瓦尼·帕斯克里[2]的《风筝》

从另一个人生，时间，地点来的空气
天国灰蓝的空气托着
在高处拍打轻风的白翅膀，

哦对，那是一只风筝！
记得有天下午，我们一起出动
来到石楠篱笆和蹭掉了刺的荆棘间，

还是我来选好位置，在安纳赫里斯山对面
立定，扫视晴空，再回到那片野地里
发射我们的长尾彗星。

现在，它盘旋，陡起，忽转，斜着俯冲，
升上来随风而去，直到它飘摇在
我们在下面大声的欢呼之中。

---

① 爱维恩（Aibhín）是希尼的孙女。此诗是希尼为庆祝第二个孙女的出生而写。

② Giovanni Pascoli（1855—1912），意大利诗人。

风筝飞上去，我的手像纺锤
转出线绳，它像细茎的花朵
攀升，带走，继续带高，带远了

这渴望，它在放风筝的人的胸膛里，
他稳住的双脚上，凝视的眼睛里，
他的心里，直到线断了——分开了，欢喜了——

风筝解脱了，独自一个，风吹落的果实。

读希尼的《人之链》

王　敖

爱尔兰诗人谢默斯·希尼（1939—2013）写的最后一本诗集《人之链》出版于 2010 年。这本诗集的核心是一个不断扩展的形象：人与人拉起手站在一起，逐渐连成一片，跨越时空蔓延而去。在这个形象里，有关于亲情和友爱的伦理，有劳动者之间的互助协作，有抢救病人时的奔忙，对转世重生的冥想，有抄写圣书时手掌的痉挛，有对家人亡魂的拥抱，有神秘之光幽微的闪烁，也有对新生儿好奇的凝视。这一切汇成了千丝万绪，把这本诗集系成了一份礼物，送给了世人。

2006 年中风之后，诗人意识到自己所写的一切，都可能是在向人世告别。倒在地上的时候，他想起了过世多年的父亲，觉得自己变回了一个要找爸爸的小孩。那是一种无法再挣扎的无助，听不到声音的哭喊。在救护车送他去医院的路上，妻子坐在他对面，握着他失去知觉的手：

前面的乘客座位给了护士，你
被安排在属于她的侧座，我仰面平躺——
一路上，我们的姿势保持不变，

千言万语，一声不响，
我们的视线交织快如激光，从没有过
这样的狂迷之旅，直到那一刻……

——《历险之歌》

……但我无法感受
你如何抬起这只手，让它全程
窝在你的手里，笨重如钟绳结

我们全速穿越唐格洛区
格伦多安区，我们的对视迷醉了
被挂起的输液点滴一分为二。

——《历险之歌》

在希尼的诗里，被病魔击倒带来的不仅是恐惧和痛苦，还有危急时刻对爱的提醒。这样的诗充满了“惊奇”。按照爱默生的说法，诗歌中的惊奇并不是表达上的出人意料，而是让人猛然意识到自身生命力的涌动。这种惊奇以低调、强韧而坚决的方式贯穿了这本诗集。在一个召唤身体记忆的诗歌维度上，肢体麻木的诗人重新描摹出多年前劳动中的场景，用记忆的触须抚摩过去时光中骨骼的运动，筋腱的紧张，生命力的起伏搏动。同时，我们看到风烛残年的诗人上楼梯时的犹疑和艰难。这是另一个身体与诗歌融合的维度，诗人讲述自己怎样在摇晃倾斜的动作中稳住自己的脚步，感受并微调着存在的眩晕，而他对精准和稳健的追求则一如既往，在时而茫然甚至失去记忆的脑海里如劲帆驶过：

恍然间，我又在犁的两个把手之间

找对了步调，别人的手来帮着
我的手，每次犁刃倏然推走，每块石头上的磕碰
都在手柄的木纹中，握如脉搏。

——《历险之歌》

……那种撒手而去的感觉不会再有了。
或许，还有一次吧。然后，没有下次了。

——《人之链》

当我老了，名字一片空白，
当我对楼梯不再有把握，
这越来越像船上少年

第一次爬上船帆时感到的头晕，
当那些值得记忆的
全部放空，不可追回，

这不意味着我不记得
风清新地吹来，锚下沉的时候
那轻微的迎风一颤，那世界的微斜。

——《在阁楼上》

这是一种有“把握”的，需要“体会”的诗。它展示诗人的感官、情感与想象怎样在时空中重新定位。它不但提供耐读的意

象供人回味，而且邀请我们回顾自己的身体感觉。敏感的读者，要不要也试试看呢？你上一次拥抱自己的父亲是什么时候？你伸手从他的口袋里偷过烟卷吗？你会怎样放下一首诗，然后展开双臂做出拥抱父母的动作？希尼在诗中做了示范，就像伯格曼电影中一个白发苍苍的人物，回想着几十年前的场景：

如果我有机会在哪里抱他一下，
应该是在河岸上吧，那年夏天
去寄宿学校之前，他正当盛年，

那时我没有想到，他老要跟我一起去
是因为我快走了，可我们并没有拥抱对方。
直到第二次机会出现，

在新弗里，一天晚上他醉得太厉害
需要让人帮忙系上裤扣，
我才抱了抱他。第三次

在楼梯台阶前，他去世前一周
我扶他去卫生间，我的右胳膊
感受到他腋下，稀疏如网的重量。

——《相册》

再次感受那种烟纸的质地
是在他最后的日子

我们必须学会
准确地把手伸到他羸弱的腋下
把他抬起来，给他擦身

——《烟蒂》

就像在片刻前，一个儿子尝试过三次
想在亡魂的乐土上拥抱父亲，那感觉

正是在我的双臂中向上游动……

——《相册》

这种诗回放想象中的一帧帧照片（《相册》），摇着镜头拍出天空的全景（《幽灵》），从丰收时的挥汗如雨进入傍晚的清凉的空气（《滚草机》），滴坠动荡年代里斑斑血色（《伍德街》），迷醉在天窗和爱尔兰的大海之间（《在阁楼上》），仰望长尾彗星般的风筝（《给爱维恩的风筝》），呼吸着人去楼空的沉默（《“门敞开着房子漆黑”》）。这些华兹华斯式的对记忆的塑造是一种朝向领悟的旅程：诗人的现实身份其实是一个起点，他由此出发反向成长，深入过去找回经历中每一次启示和证明：

只有他的小孙子才能做到，
突袭到他的扶手椅上，挠他的脖子
证明他对快乐

多么没有抵抗力，这证明

就像所有那些伟大的证明，来得很突然

——《相册》

现在又冲着他去了，我们对视的目光
就此分开了，我感到一阵
失去亲人的悲痛，在知道这个说法之前。

——《落单》

啊，借谁的名句
才能恰当地描绘这爱，现在说什么都已太晚
证明这爱的不是互相对望，而是坚定地注视同一方向。

——《相册》

“物情小可念，人意老多慈。”也许，我们可以借白居易的诗句来描绘这些记忆之诗，它们总是富于细节，并带有亲密可感的生趣。比如，初次离家求学，希尼得到一个难忘的礼物：

深吸，如灌水入槽，
鼻涕淅沥，找好角度，
略停，再吸满，

给我们时间一起观看
这样，就不会去面对
晚上的离别

——《康威金笔》

走街串巷去募捐的时候，他有一个自制的小盒子，它的形状里仿佛藏有人们的祈祷：

……用硬纸板做成的
尖顶盒子，像小小的祈祷室

带上你的那只，走街串巷，
去挨家挨户门前的台阶上……

——《捐款盒》

第一次去教堂忏悔，因为太紧张而尿了裤子，这是多么难堪的经历啊：

接下来流露的，是一股初融的热泉
细细流淌在印着图案的地砖上，
我惊慌地溜走……

——《剪掉的〈斯维尼〉片段》

学童用面包瓤当橡皮，在画上铺一张白纸描出画面，想起这些仿佛可以把自己邮寄回过去，或者那个有点梦幻的世界也记得你吧：

用面包瓤的小球可以擦去笔迹，
盖在纸下面的小鸟和蝴蝶，
描在空白页上，像来自伊甸园的邮票。

——《隐士的歌谣》

在煤屋里感到片刻的孤独和平静，这个场景可以是很多写诗的夜晚的原型：

黑灯瞎火
站在煤屋的门里面
去领受

它那腐烂的紫罗兰的气息

——《煤泥》

朴实而清贫的老朋友在家里自制闪光的小祭坛，材料是包巧克力的锡箔纸：

……从罐子里
给我拿一束麦秆吧，每一根的秆尖儿都有点点银光

每一颗燕麦粒都裹着第二层外壳，
用他们吃完巧克力留下来的
闪亮的锡箔纸，连掐带捏地包在上面。

“给这个小祭坛添一点光彩。”

——《110路公车》

所有这样的细节，在回忆之光的暖黄中组合出一个诗人想要完全复原的世界：

一个完全复原的世界：要包括
汉娜·莫尔像火鸡咯咯叫的爱尔兰语，

《紫杉之湖》上夜晚的天鹅，在夏基的店里
柜台上一盎司卖一便士的
克莱尔尼柯·穆瑞带霜的硬焦糖。
——《紫杉之湖》

乡野村谈（原生的语言），有天鹅的湖景（朝向自然的美学），保留味觉体验的便宜小食品（细小但有意义的个人历史经验），它们结合起来成为一个整体的象征，代表一个完整而有机的世界。它不仅是乡愁和回忆的对象，它来自一个完整的诗歌功业，不但包括写作，也包括保存和传播文化的社会责任。

从20世纪70年代开始，希尼已经被誉为“叶芝以来最重要的爱尔兰诗人”（语出美国诗人罗伯特·洛厄尔）。从此一直都是叶芝《在学童中间》里所说的“微笑的公众人物”，做得尽职尽责。在这方面，希尼延续并修正了从华兹华斯到叶芝的诗人传统。他曾经说过：

叶芝赋予自己把思绪锤炼成一个整体的任务，一个多世纪之前，华兹华斯就有意识地做到了这一点。事实上，直到叶芝出现，我们才遇到华兹华斯之外的另一个这样的诗人，他真正地而且坚决地结合了情感上的感受性，思想的力量，心理体验的敏锐，政治上的警醒，艺术上的自觉，以及诗人的代表性。①

这是一条浪漫主义传统的明线，从一个完整的个人世界向公共领域扩张，让个人的声音变成本民族语言的象征，成为给民族文化奠基的诗人。在诗歌史上，这是一个伟大而有缺陷的传统，有些大诗人在自己的诗学中另辟蹊径，回避所谓的“代表性”（比如威廉·布莱克），有的诗人则对叶芝式的高蹈的追求进行了猛烈的批判（一个著名的例子是奥登）。

希尼显然知道，扮演一个代表性的诗人、民族歌者和时代良心的另一面是自我膨胀，成为文化符号，有可能失去独立的自我世界。在日常生活里，做一个出席很多文化活动的名流也容易让诗人分心，逐渐疏于写作。然而，他选择的是更积极地投入，多年来致力于提升诗歌在社会中的地位，并向读者大力推荐本民族的文化，以各种方式支持一大批新老诗人。要知道这些事情会耗费大量的时间，也意味着要忍受各种文学政治的困扰，还要面对形形色色的投机分子和文化市侩。实际上，在爱尔兰，乃至世界范围，都需要他这样的人物，坚决为诗歌辩护，给无数个文学节和笔会带来严肃深刻的话题，始终待人以诚，言行经得起检验，面对采访者总是耐心地解释自己的想法。诗人保罗·默顿甚至觉得，在诗坛上可能只有希尼真正当得起“老好人”这个称号。从诗歌到公众行为，他都没有进行自我崇高化，而是做了一个著名的普通人。用他自己的话说，是一直在忙活，就像他从事体力劳

① 引自希尼为华兹华斯诗选写的导读，见 *William Wordsworth* (*Poet to Poet: An Essential Choice of Classic Verse*). Faber & Faber. Kindle Edition.

动的家人一样，也带有约翰·克莱尔、诺曼·麦凯格等身体力行的诗人的影子。

在这本诗集里，他树立的榜样不是前辈诗人，而是古代的传教士，他们身上的宗教光环让位于他们为传承文明而做的努力，他们的现代化身则是希尼本人和他的同路人，比如诗歌批评家海伦·文德勒。

跟福尔萨、科伦巴
这些解开谜团的隐士成为同道——

比如，里斯莫尔的麦考奇
当被人问起什么品性
最可贵，他回答说
“韧性，最可贵的

就是把事情坚持到底。从未听说
谁对此有所非议。”
舌上推敲的词语，从指尖划出，
反复划过，默读在唇间。

——《隐士的歌谣》

对圣徒科伦巴的怀念，在晚年希尼的心里已经跟他对自己父亲作为一个普通劳动者的怀念融为一体，也隐含了自悼：

别看他五短身材，却总能一伸胳膊

绕过马脖子给它套上眼罩，

不用第二下……

——《“舔铅笔的”》

为了怀念他，凝视着那些颜料
它们润湿，放大以后
就像科伦巴僧袍上的墨痕，

科伦巴去世那天，倒是不用去
按住一匹马，他坐在路边的时候
马朝他走了过来，

正如传记里写的，“他浑身倦意”。
而马“伏在他的胸口哭泣，
打湿了圣人的衣服”。

然后，科伦巴对他的侍从说：
“达尔麦特，让他哭吧，让他哀悼我，
哭个够吧。”

——《“舔铅笔的”》

父辈从事的体力劳动也是一种艺术，圣徒的智力劳动同样消耗大量体力。他们勤俭的生活和毕生的努力是社会存在和进步的基石。有了这些，米沃什所信任的“意义”和叶芝信奉的“对爱的想象和记忆”才能延续下去：

一个伟大诗人对“意义”抱有信心，
它像一个惊叫着抗议的词，
纵横在宇宙间，另一位
则坚信“诗人对爱的想象

与记忆”；要让我说
我现在愿意相信书籍里葆有的
那种坚韧持久
拒绝褪去的手感。

里斯莫尔之书。凯尔经。阿尔玛书。
伟大的勒坎黄卷。色如褐莓
被奉若神明的“战场宝书”。
熏制的牛皮。反复试炼的笔。

——《隐士的歌谣》

有抄写书籍的古人，才会有现代的学童，他们远隔时空，但都是书籍的保管者（keeper）：

我小而淅淅沥沥的笔
不论任务轻重，穿行在书籍间
增益着学者的收藏——
让我手掌痉挛的书写。

——《科伦巴吟唱》

黑色印花布的边角料，

来自灯火管制期的老百叶窗，
熨过，用交叉的线锁好边，
我们用它，给派发的课本包书皮。

没那么耐用，但更吸引人的
是质地绵软如面的墙纸：
那盛开玫瑰的花饰
用轻抚而过的熨斗压好，整平。

如有需要，也用褐色的包装纸。
连报纸都可以。只要能包住那一层崭新，
任何东西都好，要知道
你无非是一时的保管者。

——《隐士的歌谣》

老百叶窗来自“二战”期间灯火管制的日子，它的边角料被希尼和他的同学们用来包书皮，还有其他的材料也会派上用场。在物质匮乏的时代，取暖用的燃料是能压住火、延长燃烧时间的煤泥，它成为了另一种“保管者”（keeper），保证薪火相传：

那时候的生活，要为苦日子做准备，
它堆在那里，疲塌塌地等着
去压住炉火，延长它燃烧的时间，

给想要挥霍的财神
一个节制，用自己的方式

成为火焰的保管者。

——《煤泥》

保管之外，还要有传承，希尼钟爱的方式是翻译。从小时候到生命最后的几年，希尼都在翻译维吉尔的《埃涅阿斯纪》的第六部，它讲的是亡魂的世界，埃涅阿斯与父亲的鬼魂重逢，以及人的来世。在希尼的笔下，故乡的风物跟史诗中的描写都融进了希尼的个人生命：

……晚间水上的飞蛾
自然不是原诗里阳光下的蜜蜂，

蚊蚋的纱幕，也并非百合花圃；
其他的就完全一样了：柳叶泛着
仙境的银光，草丛繁盛

没有足迹，以至于不会让人想到
曾有鬼魂列队经过……

——《河岸之野》

“用自己的话来翻译”曾经是老师的要求。如今，通过新的译本，经典的诗句来到了新的语言的天穹下：

“所有这些眼前的鬼魂
推动时间之轮千年之久
然后，被招来饮下河水

他们对阴间的记忆都会逝去，
灵魂，将渴望住进血肉之躯
回到天穹之下。”

——《河岸之野》

在《110路公车》这首较长的诗里，希尼从去书店买书写到夜间在河岸边钓鱼，从去邻居家参加守灵，写到惨痛的民族历史，从自己保守的少年时代，一直写到家中迎来新的生命。他一次次把史诗化进自己的生命之旅，比如：

维吉尔笔下快乐的鬼魂
身穿干净的白袍，在绿草地上竞赛，
俄耳甫斯穿梭其中，扫着弦

随着自己演奏的律动回转，躲开
草地上的摔跤手，舞者，跑步的人们。
这并非不像伯拉齐村一个游乐的日子，

瘦子惠特曼颤动的高音
给音箱放大，笼罩着擦出火花的碰碰车，
飞来飞去的空中座椅，夕阳中停出一英里地的车辆

——《110路公车》

在文化的意义上，翻译和转世可以互为比喻，而诗人的一生仿佛是漫长的，迎接新生命的等待：

坚实的土地，在暮光的映照下，
蚊蚋飘飞，仿佛我们已经跟翕动在岸边的

鬼魂，阴影融为一体，
并站在那里等待，观看，
渴望，越来越渴望翻译。

——《110 路公车》

那现在，一个灵魂在阴翳下的河岸上漫长的等待
已经结束，我来了，带着感恩的礼品
一捧麦秆和包着银光的秆尖

像不会暗淡的一簇簇烛芯，
她的大地之光已经破晓，我们聚在周围
说的都是小宝宝的话题。

——《110 路公车》

希尼去世前完成了《埃涅阿斯纪》第六部的翻译，以它来向去世多年的老师迈克尔·麦克格林奇（Michael McGlinchey）致敬，重新交给老师一份小时候的功课，也象征性地在翻译中再次拥抱了自己父亲的影子。这部书稿是他的女儿在诗人的遗物发现的，已经于 2016 年 3 月出版。

希尼对维吉尔和多种古代诗歌的翻译，达到了重塑经典的高度。动词生鲜活跃，激活了人们熟悉的画面，名词组合出浮雕一样的凝重感，恰如其分的形容词则像冰棱中透明的气泡，给诗句增添独特

的质感。详细对比希尼的翻译和各种学术译本之间的差异，是一个需要另外专门探讨的话题。在这里，我想引用诗人翻译家周琰给我的信里的一段话，来帮助我们理解希尼的翻译事业的特点：

> 希尼是诗人中最博学者之一，尤其在古典学和诗歌传统方面。他在诗歌传统方面的继承和翻译、传达方面做了很多，不只是维吉尔，还有其他史诗。国内对希尼的理解还比较片面，很多人仅仅把他当作一个乡土诗人。希尼的了不起，正是因为他不离根，土地与传统的根，但是又视野广阔、胸襟广大，容纳各种不同的刺激，最终全部被提炼升华到自己的感受和声音里。博学而不学究气、知识分子气，接地气但又不粗糙。有民间歌谣的调子，唱得却比歌谣复杂深刻。

根植于传统，根植于土地，这些暗含比喻的说法，在希尼短小的三四行的诗节里，重新回到了根须、土壤和岩石：

> 无论在哪里，植物
> 都在墓地茁壮成长，
>
> 把根系沉入
> 死者们经历的
> 所有王朝。
>
> ——《本草经》

> 板岩的感觉

渗入了黑莓
有矿石感的汁液。

——《本草经》

在他眼里，墓地其实是一代代植物的乐园。这首诗里有很多超然的描写，其情感时而深沉，时而幽默，给我们指出敞开的秘密：

欧洲蕨
就没那么能吹牛了。

它收紧，
弯向自己的秘密，

土地上
保守得最好的一个秘密。

——《本草经》

孩童般的好奇，博物学家的观察，思想者的反省，帮助我们进入诗人的幻象：

如果你对宇宙
略有所知

那是因为
你曾经体验过它，

像全力反观自己一样，
透过野豌豆

羊齿草的遮掩
去深深地探察
老鼠洞。

——《本草经》

飘上洒着阳光的柏油碎石路，
踏着对灵车的回忆，

以走路的速度，
在草木葱茏的街角之间，

这里的死者
被带往未来。

——《本草经》

诸如此类。希尼晚年的诗作，获得了一种平静的光亮，用他自己的比喻来说，就像夏天的夜晚不是黑暗下去，而是越来越晴朗。它们清新、贴切，有一种让人容易接纳的温和。这本诗集虽然篇幅不长，但作品之间以各种方式勾连、映射、互衬，就像诗人观察到的草窝：

去哪儿还能再找到它，
一个别处的世界，在一张张地图

与地图集之外，
在那里，一切都编织进了它

也属于它，就像用草叶
交叉编出的窝？

——《本草经》

在草叶一样朴素简练的表达之外，希尼也会随手挥洒出奇异的音符。比如，他要复活的神话既不是存在于缥缈的远空，也不是寄身于深山密林，而是闪烁在略低于地面的小丘之下，角度和手法都非常别致：

我们站在小丘的地下，脱离了白天
却面朝外面的日光，手拉手，吸着
凿出的储藏室的气息。

在我们的肩头上放大画面吧，
一束地道般的镜头加速着，闪耀。
来这幽怪的明亮中，找到我们。停机。

——《幽灵》

在整本诗集里，作为核心比喻的“链”（chain）一词，除出现在同题诗里外，还出现过一次，可以用来形容希尼惊人的技艺：

……库楚兰为了娱乐刺绣的女人们
把一根根针掷向空中

它们落地的时候，每一根的针尖
都穿进了另一根的针眼

串成一卷光彩照人的链子——
就像在我的梦里，一大盒笔尖
从架子上撒下，又升到空中，
相互链成炫目的镀金王冠。

——《隐士的歌谣》

这位被誉为拥有英语的“绝对音高”的诗人，可以把一切词都当象声词来使用，也能让词的视觉形态产生韵律。这里提供的几处译文只是一种重现其效果的尝试，有兴趣的读者可以对比原文，可以创造出不同的或者更好的译本：

在簌簌草
这个俗称里，
听听风，吹过莎苔草，

在啵儿树
这个别名里
听到接骨木，那潮湿的沉溺，

在板板草
这个叫法中
听出千里光菊，独有的不屈不挠，

在淅淅檐
这放松的词语里，听到屋檐上
滴落的夜雨。

——《老歌谣的叠唱》

那种我老早就熟悉的
让珠落漩涡、流苏潺潺的水族精灵，
裸游的斑纹君。

——《鳗鱼厂》

它发出的声音
对我来说
超出任何寓言。

喳喳的煤泥碴，呲呲的次品。
匆匆的煤桶，急冲冲地拖走。
沙沙来，沙沙去。

——《煤泥》

诗人仿佛一个从病床上醒来的钢琴家，朦胧中看到阳光绘出斑驳的树影，他的手指在床单上飞速地加入了弹奏。寂静的、存在于诗歌的空间的音色，化为生命力的电网，接通了地下的亡灵的世界，辉映着远空的斜月，造就出人的树林，社会变迁的风俗画，悠远文明聚散的云朵。

《人之链》里有很多当代汉语诗歌界里很罕见的诗，他的诗艺高超，却并非不可学，因为他总是细心地展示他的手法，并不故意制造额外的难度。同时，希尼也是可以给我们的诗歌界提供示范的诗人。在世界范围内，很多国家成就最高的当代诗人年龄大概在 75 岁以上。这些诗人经历过大规模的社会动荡和变迁，从"二战"后的世界直到如今网络的时代。在年轻的时代，他们有机会结识上一代的伟大诗人，并跟前辈进行过长期的学习和对抗。他们基本上没有中断过写作上的探索，仅以英语诗人为例，理查德·威尔伯、约翰·阿什伯利、杰弗里·希尔等人 80 岁以后仍然在出新诗集。因为种种政治和文化的原因，我们缺少这一代大诗人。1950 年前后出生的诗人，已经是诗歌界的老前辈；1960 年以后出生的一些有名气的诗人，已经习惯了长年在文化领域里扮演骄傲而神秘的大师，如果缺乏个人反省，很难保持一种相对正常的写作心态，也会给年轻诗人制造不良的影响。这样的情况下，我们应该认真地对待希尼，不是说诗人不能当文化名流，而是说需要有经得起考验的品质。

从长线的文学史来看，在未来的时代，希尼也许会主要被看作一位真正地接续了西方挽歌传统的现代诗人。他在这方面的成就，可以比肩哈代和奥登。无论是写家人，写民族的动乱，写自己的一生，他的作品都浸透着古老的哀悼的情感，生发出一种强大的净化的力量。他的作品对很多读者来说都是一个有精神健康价值的参考。举个例子，《"如果我没有醒着"》是一首关于苏醒的诗，写于诗人中风后的康复期间。它告诉我们的一个简单道理：醒着意味着还活着。我们会因此惊喜，也会突然感到危险，会渴望不朽，也会像希尼那样，想要把握住那一刻的一切。

伟大的诗歌常常具有一个特点，不管它说的是什么，它做的同时就是它说的。它说的是自然它成为自然里的一道泉源，它说的是死亡它滑下生命的悬崖要死给你看，它说的是虚无它变成虚无的容器让你听个回响，它说的是人之链——它一次次联结了我们。在更高的存在看来，它跟人没区别，在我们看来，它似乎有神性。它存在于读它的人的呼吸、身体的造型之中，偶尔重合，再变成稍纵即逝的光圈。

2016 年 4 月 23 日

（本书译文根据的是费伯出版社 2010 年的版本，译者感谢以下朋友的帮助，胡一红，周琰，杨铁军，Richard Stack，Eleanor Goodman，还有编辑吴小龙）

桂图登字：20-2014-154

图书在版编目（CIP）数据

人之链 /（爱尔兰）希尼著；王敖译 .—南宁：广西人民出版社，2016.7（2021.7 重印）
（希尼系列）
ISBN 978-7-219-09869-1

Ⅰ. ①人…　Ⅱ. ①希…　②王…　Ⅲ. ①诗集—爱尔兰—现代
Ⅳ. ① I562.25

中国版本图书馆 CIP 数据核字（2016）第 090047 号

人之链
REN ZHI LIAN
［爱尔兰］谢默斯·希尼 / 著　王　敖 / 译

责任编辑　吴小龙　许晓琰
责任校对　刘　艳
封面设计　刘　凛
责任排版　施兴彦

出版发行　广西人民出版社
社　　址　广西南宁市桂春路 6 号
邮　　编　530021
印　　刷　恒美印务（广州）有限公司
开　　本　889mm × 1194mm　1 / 32
印　　张　4.5
字　　数　109 千字
版　　次　2016 年 7 月　第 1 版
印　　次　2021 年 7 月　第 2 次印刷
书　　号　ISBN 978-7-219-09869-1
定　　价　46. 80 元